Sulla collina

A Stephen – LS

*A zia Jan e alle estati
trascorse a dipingere, a Pondok – BD*

Titolo originale: *On Sudden Hill*
Testo italiano di Anselmo Roveda

Pubblicato per la prima volta nel 2014 da Simon and Schuster UK Ltd, 1st Floor, 222 Gray's Inn Road, London WC1X 8HB A CBS Company
© 2014 per il testo Linda Sarah, © 2014 per le illustrazioni Benji Davies
Il testo è composto in Adobe Caslon Pro
Giralangolo è un marchio EDT
© 2014 per l'edizione italiana EDT srl, 17 via Pianezza, 10149 Torino, giralangolo.it, edt.it, ISBN 978-88-5920-734-4
Stampato in Cina, tredicesima ristampa marzo 2023

Sulla collina

Linda Sarah e Benji Davies

Giralangolo

Due scatole di cartone,
abbastanza grandi per starci dentro,
abbastanza grandi per nascondersi.

Uto e Leo le portano ogni giorno su,
sulla collina.

Certe volte sono re,
soldati di ventura, astronauti.
Certe volte sono pirati
che solcano cieli e mari in tempesta.

Ma sempre, sempre
sono Grandi Amici.

Navigano, corrono, saltano, volano,
chiacchierano e ridono,
lui e Leo,

stanno in silenzio,
osservano i piccoli movimenti
nella valle, si sentono grandi
come Re dei Giganti.

A Uto piace questo ritmo a due.

E poi un lunedì
(c'è un tempo da lupi)
incontrano un altro bambino,
ha una scatola e vuole unirsi a loro.

Si chiama Samu.
Ha osservato Uto e Leo ogni giorno
e finalmente ha trovato una scatola abbastanza grande
e il coraggio di chiedere se può giocare.

Leo sorride e dice: "Certo!"
E così i tre si mettono nelle loro scatole
a guardare un piccolo falco
e le nuvole passare.

Certe volte sono cacciatori di draghi,
buoni vicini,
arditi scalatori.

Ma Uto
si sente strano.

Una sera Uto distrugge la sua scatola,
ci salta su,
la calpesta,
la riduce a pezzi.

Il papà dal salotto gli urla di smetterla, "Adesso basta!"

Uto ha deciso: non salirà più sulla collina.

Leo e Samu
qualche volta passano a chiamarlo.
Uto li evita.

Preferisce stare a casa, a disegnare.
Di solito disegna due scatole,
una accanto all'altra.

Ma gli manca Leo.
Gli mancano i loro castelli
di cartone, là sulla collina.

Un giorno,
bussano alla porta.

Sente la voce di Samu.
"Abbiamo una cosa per te.
Dài, su, per favore…
vieni fuori!"

Tutto quello che Uto
riesce a vedere,
sbirciando dalle tende,
è una scatola.

Ma è molto
molto più
di una semplice scatola.

Ha un sacco di cose attaccate,
scintillanti e sventolanti
come enormi aquiloni.
E poi i colori
E poi i suoni.
E poi, e poi… LE RUOTE!

Così l'ENORME scatola-su-ruote
(la chiamano MegaRobo)
viene trainata sulla collina.

È meravigliosa!

Un incredibile Mostro Creatura Scatola Cosa!

È un razzo supersonico esplosivo!
Un triplo jet transformer!
Uno splendente scintillante re!

Dentro ci sono perfino delle... scatole,
una con i biscotti, una con la limonata.

A Uto piace Samu.
Samu è gentile.
Samu è divertente.
Samu è audace e coraggioso.

A Uto piace il tempo trascorso insieme,
la loro Samu-Leo-Utitudine.

Gli piace il loro ritmo a tre.

È nuovo.
Ed è bello.